© 1993 Richard Scarry.
Publié au Canada avec l'autorisation
des Livres du Dragon d'Or, France.
Traduction d'Anne-Marie Dalmais.
Imprimé en Italie.
ISBN 2-89393-300-9.

Histoires Bonjour-Bonsoir de Richard Scarry
Bananes flottantes

 **Phidal**

Peau-de-Banane est au volant de sa voiture-banane.
Il aperçoit un régime de bananes suspendu
à la devanture d'une épicerie.
– J'aimerais bien l'emporter, s'écrie-t-il.
J'ADORE les bananes !
Mais le gendarme Vroum-Vroum se trouve dans
les parages...

– Bonjour ! dit Peau-de-Banane avec un sourire.
– Bonjour ! répond le gendarme Vroum-Vroum.

Quelques instants plus tard,
Peau-de-Banane rencontre
Cassis et Asticot.
Tous deux sont en train de
manger des bananes !

Peau-de-Banane s'arrête
et demande :
– Eh ! les enfants, où avez-vous
trouvé ces bananes ?

– Un bananier vient d'arriver dans le port,
répond Cassis. C'est le capitaine qui nous a donné
ces bananes.
– Génial ! s'écrie Peau-de-Banane.
Je vais voir ça tout de suite !
Et il part en trombe.

Un grand navire jaune est amarré au quai de Tourneville. Sur la coque, on voit en grosses lettres : BANANES.

La voiture-banane stoppe dans un grincement
de freins. Peau-de-Banane examine le navire.
– Génial ! répète-t-il.

Ce soir-là, le capitaine Fourmilier quitte son navire
pour aller dîner au restaurant *Chez Louis.*

Il commande une salade de pissenlit.

– Elle a l'air délicieuse ! dit le capitaine Fourmilier.
Cela me changera de la nourriture du bateau !
– Que mangez-vous à bord ? demande Louis.
– Des bananes frites, des bananes bouillies,
des bananes en salade et des bananes fourrées !
répond le capitaine.

Après le dîner, le capitaine Fourmilier retourne
tout joyeux à son navire et va se coucher.

A son réveil, le lendemain matin,
le capitaine Fourmilier voit des
peaux de bananes flotter dans tout
le port.

– Quelqu'un a mangé mes bananes ! hurle-t-il.
Il appelle le gendarme Vroum-Vroum.
En arrivant, le gendarme aperçoit la
voiture-banane stationnée sur le quai.

Il déclare au capitaine :
– Je crois savoir qui est
notre voleur, et où le
trouver !

Le gendarme Vroum-Vroum
se met à fouiller le navire
pour découvrir le voleur.

Il cherche sur le pont.
Il cherche dans les canots
de sauvetage.

Il cherche dans la cheminée,
mais il ne trouve pas
Peau-de-Banane.

Le gendarme Vroum-Vroum interroge Onde-Courte,
le radio :
– Avez-vous vu un gorille à bord ?
– Oui, bien sûr ! répond Onde-Courte. Suivez-moi !
Par une coursive, ils arrivent devant une porte
marquée : ÉQUIPAGE.
– Voilà, c'est ici, monsieur, dit Onde-Courte en saluant.

Le gendarme Vroum-Vroum
ouvre la porte.

Les membres de l'équipage
se trouvent à l'intérieur :
les uns somnolent sur leurs
couchettes, les autres
jouent aux cartes,
ce sont tous des gorilles !

– Oh ! excusez-moi, dit le gendarme Vroum-Vroum
en refermant doucement la porte.

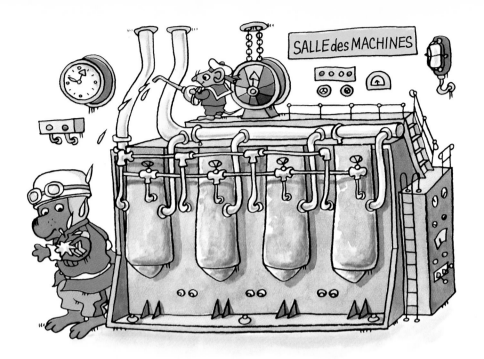

Le gendarme Vroum-Vroum poursuit ses recherches
dans la chambre des machines et dans la cale.
Il passe enfin devant une porte marquée : CUISINE.

Il entre et découvre Peau-de-Banane en train
de jeter une peau de banane par un hublot.
– Au voleur ! hurle le gendarme Vroum-Vroum
en se précipitant sur lui.

– Une minute ! s'écrie Biscuit,
le chef cuisinier. Ce n'est pas
un voleur, c'est mon assistant !
Nous essayons
une nouvelle recette.

Biscuit renifle une grande
marmite qui bouillonne.
Peau-de-Banane y jette
une autre banane.
– Soupe à la banane !
annonce-t-il.

Le soir, au dîner, tous les membres de l'équipage
sont d'accord : jamais ils n'ont goûté une meilleure
soupe que celle de Peau-de-Banane !